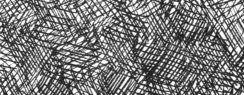

공간의 요정

공간의 요정

김한민

● 세미콜론

목 차

제1부

누구나 자기만의 공간을 하나씩 갖고 있겠죠?
혼자 생각에 잠기거나 감상에 빠지고 싶을 때,
눈치 안 보고 실컷 울고 싶을 때 찾아가는 곳...
사적이고 상처 받기 쉬워서 사람 때를 탈까 봐
늘 염려가 되는, 다른 곳은 다 양보하더라도
여기만큼은 이대로 영원히 변치 않았으면 하는
그런 공간 말이에요.

내게도 그런 곳이 있어요,
바로 이 동물원에요. 우리가 방금 지나온 길을
기억해 볼래요? 매표소를 지나 플라멩코와
아프리카물소, 두루미, 공작새 우리를 거쳐
이 돌계단까지. 마지막으로 저 앞에 보이는
모퉁이를 돌면, 그 공간이 나타난답니다.
아, '나타나곤 했다'가 맞겠네요.

왜 과거형이냐구요?

세상이 너무 빨리 변하니까요. 이 도시는 바로 지난 주까지 있었던 것도 하루아침에 아무런 설명 없이 사라질 수 있는 곳이에요. 그래서 딜레마가 생겨요. 저 장소에 관해 나 혼자만 아는 얘기를 알려야 할까, 말아야 할까? 무심코 한 얘기가 씨앗이 되어 소문이라도 퍼진다면?

그래서 저곳이 유명해지고 어중이떠중이가 몰려들어 모든 걸 망쳐 버린다면?

물론 나 혼자서만 그곳을 특별히 간직한다고 해서
능사는 아니겠죠. 저 공간의 실질적인 운명을 쥐고
있는 자가 어느 날 문득,
'여길 불도저로 싹 밀어 버려도 항의할 사람은
없겠지?'라고 생각하지 못하도록
견제해 줄 사람이 아무도 없다고 생각해 봐요.

어쩌면 제가 과도한 걱정을 하는지도 모르겠어요.

그래요, 걱정이 지나쳐서 때를 놓치면 안 되겠죠?

당신처럼 얘기를 차근차근 들어주는 사람이라면,

용기를 내 볼 수 있을 것 같아요.

남의 말을 끝까지 듣는 사람 치고

진심을 배반하는 사람은 없으니까.

시간이 좀 걸릴지도 모르는데, 우리 저 벤치에
앉으면 어때요? 다 얘기해 줄게요. 맨 처음부터
지금까지 아무한테도 하지 않은 이야기를요.

1

아버지는 연구가

이게 내가 여섯 살 때 모습이랍니다.
머리 모양이 웃기죠? 아주 어릴 때는 아무리
유별나게 하고 다녀도 그걸 당연하게
받아들이는가 봐요. 그건 아마도 남들과
비교를 하지 않기 때문일 거예요.
얼마나 좋아요, 남과 비교하지 않는다는 것.
조금만 나이가 들어도 비교란 걸 하기 시작해서
영원히 멈추지 않잖아요?

내 어린 시절에 유별난 면이 있었다면

이는 모두 나의 괴짜 아버지로부터

비롯됐다고 할 수 있어요.

아버지는 할아버지가 평생 일궈 놓은 가게를

고스란히 물려받아, 불혹의 나이가 되도록

고생 한번 안 해 보고 자기 좋아하는 일만 하면서

살아 온 사람이었어요.

그는 연구가였어요. 엄밀히 말하자면 '연구
애호가'. 그에게 있어 가장 멋진 단어는 '연구',
가장 멋진 직업은 '연구가'였죠. 아무리
착실하게 살아도 아무것도 연구하지 않는
이들은 그에게 폄하의 대상이었고, 평생을 고대
문명 연구에 바친 인류학자나 미지의 생명체를
탐사하는 데 막대한 재산을 탕진한 부류 정도는
되어야 그에게 제대로 된 사람 대접을 받을 수
있었답니다.

안타깝게도 아버지의 실질적인 삶은 본인이
우러르던 탐험가들의 눈부신 업적보다는 불행했던
개인사 쪽만 닮아 가는 듯 했어요. 마흔세 살이
되어 나를 제외한 모든 가족이 그의 곁을 떠날
때까지도 이렇다할 연구 성과 하나 내놓지 못하고
있었는데, 어느 한 주제를 깊이 파지 않고 이것저것
잡다하게 연구한 탓이 아닐까 싶어요.

무얼 연구했냐고요? 동물, 식물, 괴물, 역사, 인류학,
민속학, 지리학, 고고학, 음악, 화학 등 너무 여러
가지라 안 건드린 분야를 세는 게 더 빠를 거예요.
자기 세계에 잘 빠져들고, 한번 빠져들면 쉽게 헤어
나오지 못하는 성격이었어요. 가게 구석에 틀어박혀
하루 종일 이것저것 연구하기 바쁜 아버지 모습이
선하네요. 아, 참! 우리 가게 얘기를 안 했군요.

20

아버지는 할아버지에게 물려받은 '향기집'을
운영했어요. 양초, 오일향, 비누, 종이향수 등
향과 관련된 온갖 제품을 취급하는 가게였는데,
여행가였던 할아버지가 인도와 프랑스에서 들여온
물건들로 가득했어요. 주인이 연구에 골몰하느라
가게는 뒷전이었는데도 할아버지가 만들어 놓은
단골 손님들 덕택에 근근히 유지가 되고 있었답니다.

이 사람은 단골 중의 단골, 가게를 하루에 세 번씩
방문하는, 아버지와 연인 사이라고 주장하는 문씨
아줌마예요. 난 문씨 아줌마가 싫어요. 그녀는
아버지에게 연구를 접고 이사 가자는 말밖에는 할
줄 모르는 사람이거든요. 책상 앞에 꾸부정하게
앉아 책에 코를 파묻고 연구하는 아버지의 모습을
좋아하는 나였기에, 이 아줌마의 존재는 늘
불편했어요.

자기야, 또 연구해?
아, 더워! 요즘 세상에 선풍기라니!
이제 그만 여기 정리하고 에어컨
달린 번듯한 아파트 하나 잡자, 응?

우린 가게 뒷방에서 살았어요. 방이나 침대도
없던 나는 장롱 안에서 잠을 잤죠. 당시만 해도
난 세상 모든 아이들이 장롱에서 잔다고 생각할
정도로 세상 물정에 어두웠어요. 밖에 나가 노는
걸 아버지가 싫어해서 흔한 또래 친구 하나
없었거든요. 난 아버지 말이라면 의심 없이 믿는
말 잘 듣고 착한 딸이었어요.

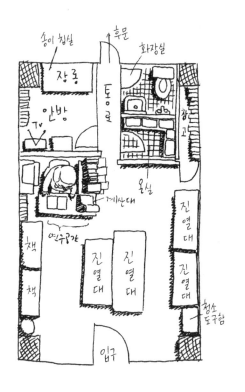

내 삶의 대부분은 가게, 방 그리고 온실에서
이뤄졌어요. 그 중에서 온실의 '지렁이 사육장'은
내가 직접 관리를 담당했죠. 왠 지렁이냐고요? 그냥
지렁이가 아니라 '시지렁이'랍니다.

2

시 지 렁 이

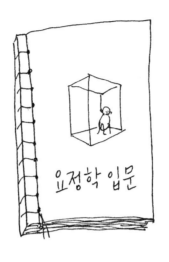

시지렁이 얘기를 하려면 요정 얘기를, 요정 얘기를
하려면 시지렁이를 빼놓을 수 없어요. 혹시 요정을
본 적 있으세요? 어른들은 대부분 요정 따윈
없다고 생각하죠. 그런데 아버지는 달랐어요. 그는
'요정학'을 진지한 학문 분야로 개척한 사람이었어요.
그가 그 어떤 분야보다도 끈기 있게 연구했고, 상당
수준의 성과를 거둔 분야가 바로 요정학이었어요.
그의 미발표 연구집 '요정학 입문'을 인용해 볼게요.

'공간의 요정', 혹은 생략해서 그냥 '요정'.

그들은 인간의 공간에 얹혀산다. 방과 부엌,
지하실과 부뚜막은 물론이고 병원이나 우체국
같은 공공 공간에도, 요정들은 공간의 주인과
상의 없이 멋대로 들어앉는다.

그들은 구석이나 구멍, 홈 패인 곳에 숨어들길 좋아하며
낮고 낡고 작고 좁고 아담하고 아기자기한 곳, 썩는 재료나
자연 재료로 만들어진 장소를 선호하고 음악은 즐기지만
소음은 못 견디며, 계절이 바뀌는 것을 제외한 모든 외부
변화를 싫어하고 오래되고 변하지 않는 것들을 숭배한다.

〈그림 1〉처럼 온갖 까다로운 조건들을 따지자니, 요정들의
입지는 좁을 수 밖에 없다. 싫어하는 요소들을 모두
제외하면 남는 건 극소수의 공간 뿐. 최근 몇 년간 시에서
야심차게 추진하고 있는 '도시 성형 계획'*이 가속화되고,
낡은 공간들이 속속 사라지면서 공간의 요정들을
발견하기는 점점 더 힘들어지고 있다.

* 별명이 '도시성형외과 의사'인 이 도시의 신임 시장이
추진하는 계획. 도시 곳곳의 기억의 장소들을 없애고, 표준
외모의 도시를 건설하려는 사업이다.

〈그림 1〉 공간의 요정이 못 견디는 것

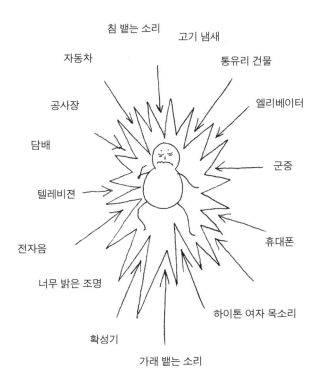

침 뱉는 소리
고기 냄새
자동차
통유리 건물
공사장
엘리베이터
담배
군중
텔레비젼
전자음
휴대폰
너무 밝은 조명
하이톤 여자 목소리
확성기
가래 뱉는 소리

요정의 유일한 식량은 지렁이다. 코알라보다
더 지독한 편식쟁이라 지렁이 없이는 못 산다.
단, 요정들은 지렁이를 통째로 먹는 게 아니라
'지렁이가 쓴 시'를 먹는다. 이 시란 우리가 아는
시와 전혀 다르다. 시지렁이가 지나간 자리를
자세히 관찰해 보면, 미세하고 입자가 고운 가루
물질을 발견할 수 있는데, 그게 바로 시다.

그렇게 부르게 된 이유는 지렁이에게

시를 읽어주어야 생기는 물질이기 때문이다.

꼭 똥 같아. 지렁이가 시를 '싸는' 거구나. 그치, 아빠?

　그게 뭐니? 말을 예쁘게 해야지.
　우린 지렁이가 시를 '쓴다'고 하고
　시 쓰는 지렁이를 '시지렁이'라고 불러.

그럼 시 쓰는 곰은 '시곰'이겠네?

　아니, 시곰 따윈 없어. 오직 사람과
　지렁이만 시를 쓰지.

시지렁이는 대단히 희귀했어요. 이들도 도시 성형 열풍에서 벗어날 순 없었죠. 서식지 파괴로 거의 멸종되다시피 할 즈음에 아버지가 인공 양식법을 개발하지 못했다면 대가 끊겨 버렸을지도 몰라요. 내가 관리를 맡았다는 온실이 바로 일반 지렁이들을 시지렁이로 양성하는 '시지렁이 양식장'이었어요.

일반 지렁이들에게 아침 저녁으로 시를 읽어 주면,
일년에 한두 번, 만 마리에 한 마리 꼴로 반응을 하는
지렁이가 나와요. 월계수 모양의 더듬이가 자라나는
동시에 빙빙 맴을 돌며 시를 쓰는 이상 행동을
보이는 놈이 있다면, 시지렁이가 탄생한 거랍니다.
아버지에 따르면 시지렁이가 탄생할 확률은 원숭이가
셰익스피어의 문장을 똑같이 타이핑할 우연의
확률보다는 훨씬 높은 거래요.

소리없이 초록의 여름이
성큼 다가왔다
...
그것은
자신의 길을 기억하고 있는
푸른 사슴.

시지렁이는 단 한 마리가 동네 요정들을 전부 먹여

살릴 수 있을 만큼 그 존재가 귀하고 배출 확률까지

매우 낮아서, 어쩌다 한 마리라도 탄생했다 하면

잔치가 벌어지죠. 우리 양식장은 지금껏 총 세 마리를

배출했어요. 담당 관리자인 내가 이 셋을 애지중지한

건 물론인데, 그중에서도 내가 동생으로 삼은

'트라클'은 각별했어요.

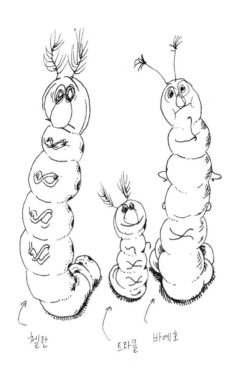

첼란   트라클   바예호

트라클은 세 마리 중 막내였어요. 몸집이 작았지만
누구보다도 활발히 시를 써서 기대를 한 몸에 받았죠.
그러다가 갑작스레 절필을 했어요. 가끔 그럴 때가
있는데, 절필한 시지렁이는 절대 억지로 쓰게 하면 안
돼요. 강요하면 죽어 버릴 수도 있거든요. 다시 시를
쓸 때까지 참고 기다려 줘야 해요. 그래서 트라클은
나랑 노는 게 일이었어요. 동무가 없던 나에겐 없어선
안 될 존재였죠.

아, 이름이요? 동명의 오스트리아 시인이 쓴 '고독한 자의 가을'을 읽어 줄 때 시를 쓰기 시작한 연유로 붙여 준 이름이었는데, 나는 이 귀여운 녀석을 귀에 넣고 다니며 단짝처럼 지냈고(할 수 있었다면 눈에 넣고 다녔을 거예요.) 그래서 아버지는 '귀지렁이 트라클'이라고 불렀답니다.

… 숲들은 모두 이상스런 침묵 속에 잠기고
외로운 자의 동행이 된다…

정말로 요정이 존재한다고 생각하냐고요? 제
경우는 어릴 때 종교를 접한 아이처럼 처음부터
의심 없이 이 신비로운 존재를 받아들였던 것
같아요. 어릴 적부터 요정에 대해 배웠고 요정들과
어울렸으며 그들의 식량 공급을 담당했던 나에겐
극히 자연스러운 삶의 일부였죠.

이젠 저도 사람들이 요정을 진지하게 생각하지
않는다는 걸 잘 알아요. 그래서 이야기 꺼내는 것
자체를 꺼리죠. 언젠가는 아버지의 연구가 한 권의
어엿한 책으로 엮여서 나왔으면 좋겠어요. 요정을
모르는 사람들에게 널리 읽히도록 말이죠. 가끔 옛
노트를 펼쳐 보면, 아버지와 단 둘이 살던 그 시절의
기억들이 새록새록 떠올라요.

3

요정학 입문

일곱 살이 되었을 때, 전 반복적인 시 낭독 훈련으로 왠만한 책은 (비록 뜻은 몰라도) 유창하게 읽는 수준이 되었어요. 언어능력이 성숙해지면서 궁금한 것도 많아지기 시작하더라고요. 아기는 어떻게 생기고, 어디서 나오는지, 나는 왜 엄마가 없는지……? 쏟아지는 질문들을 요령 좋게 피해 오던 아버지가 어느 날 갑자기 결심이라도 한 듯 한 가지 사실을 털어 놓았어요.

송이야… 사실 너희 엄마는 사람이 아니란다.

아빠는 공간과 사랑을 해서 널 낳았어.

엄마가? 엄마가 있다고? 어디?

아빠는 엄마와 헤어졌어. 그래서 따로 사는거야.

아버지는 나에게 앉아 보라며 본격적으로 수업을
시작했어요.

자, 받아적어. 『요정학입문』의
8페이지에 나오는 내용이란다.

인간이 공간과 사랑에 빠지면 반드시 하는 일이 두 가지 있다.

1) 그 공간을 자주 방문해 오래 머물게 되고……

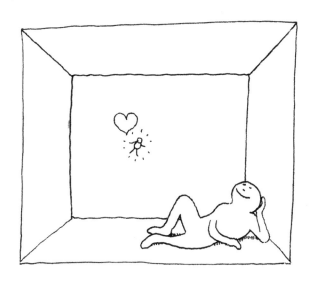

2) 그 공간과 잠을 자게 된다.

왜 그러냐고? 그건 겪어보면 알게 돼. 오래 자지

않아도, 아주 잠시만 졸아도 충분해. 그 짧은 틈에도

생명은 잉태되지.

잠에서 깨어나 기지개를 펴고 하품을 하는 순간,
아기가 탄생한다. 아기 요정 한 마리가…!

공간의 요정들은 그렇게 태어나는 거야. 알겠니?
너도, 이 아빠랑 어떤 특별한 공간 사이에서
태어났단다.

그, 그럼 난… 요정?

아버지는 나와 눈을 마주치지 않고 고개만 끄덕였어요.
그 순간부터 나는 내가 요정이라고 굳게 믿게 되었죠.
오, 난 요정이었구나! 이 멋진 사실을 이제서야
알다니! 그렇다면 대체 난 무슨 요정일까? 나도 아기
요정을 낳을 수 있을까……? 궁금증이 마구마구
폭발했어요.

나도 사랑을 하면
귀여운 아기요정을 낳을 수 있는 거야?

아버지는 친절히 설명해 줬어요. "음, 보통
요정들은 아기를 못 낳지만, 넌 아주 특별한
요정이라서 달라. 아빠 말만 잘 들으면 넌
뭐든지 할 수 있단다." 그런데 내가 정말로
궁금했던 질문을 하자 아버지는 적잖이
당황한 눈치였어요.

그럼 엄마는 어딨어?

왜? 얘기해 주면
엄마한테 가 버리려고?

아버지는 엄마 얘기를 꺼내는 게 힘들었나 봐요.
한사코 대답을 피하려는 아버지를 집요하게
물고 늘어졌어요. 결국은 고집쟁이 아버지도 두
손을 들었죠. 말해줘도 엄마에게 가지 않기로
약속하는 조건으로 겨우 입을 열었답니다.

"……내가 처음 요정을 본 건, 동물원에서였어.
그때만 해도 요정의 존재를 확신하지 못하고
있었지. 일본의 저명한 요정학자 이노우에 엔료의
『요정학 개론』을 읽고 감명을 받았지만, 눈으로
본 적이 없어 긴가민가한 상태였어. 당장 해 볼
수 있는 '시지렁이 실험'에 도전해 보고 싶었어.
시를 읽어 주면 반응하는 지렁이라……. 오라,
직접 한번 해 보자!

"아버지의 총각시절"

ㄴ 총각시절

당시에 도심 가까이에서 지렁이를 구할 만한 곳은
국립묘지와 동물원뿐이었어. 국립묘지는 늘 경비가
삼엄했지만, 동물원은 밤이 되면 관리인의 눈을 피해
잠입할 수 있었지. 그 나이엔 나도 꽤 날렵했단다.
배도 안 나오고⋯⋯. 동물원의 몇몇 언덕은 흙만
팠다 하면 지렁이로 끓어 넘쳤어. 대단했지. 완전히
몰입해서 일주일 내내 밤만 되면 땅을 파러 다녔어.
그러다가 너희 엄마를 만나게 된 거야.

검은 빛깔의 새가 사는 우리였어. 주위에 지렁이가
유난히 많다는 것 말고는 아무것도 특별할 게 없는
곳이었는데, 그 앞을 지날 때마다 항상 멈춰서게
되더라고. 이상하리만치 편안했어. 지렁이 사냥을
하다가 피곤해지면 잠시 눈을 붙이기도 했지. 젊을 땐
역시 쉽게 빠지는 법인가 봐. 곧 너희 엄마와 사랑에
빠졌고, 너라는 사랑스런 요정도 탄생했지.

그런데 행복은 잠시였어. 방문을 거듭할수록 어디선가 나를 감시하는 시선이 느껴지더라고. 그 시선의 정체를 알게 되는 데는 오래 걸리지 않았지. 사람이 아니었어. 뭐였을 것 같니? 그래, 난 그때 태어나서 요정이란 걸 처음 본 거야. 그것도 한꺼번에 엄청난 수의 요정들을! 동물원에 요정들이 그렇게나 많을 거라곤 상상도 못했지. 그런 건 책에서도 읽은 기억이 없었어.

그들은 사생아 요정들이었어. 사생아 요정이 뭐냐고?
정상적인 요정은 성장 과정에서 한쪽 부모(공간)와
살면서 다른쪽 부모(사람)의 방문을 주기적으로 받아.
하지만 그런 경우는 드물고, 보통은 한쪽 부모를 영영
잃어버리지.

사람들은 쉽게 좋아하고 쉽게 잊어버리잖아? 특히 동물원에 오는 사람들은 더 심하지. 어른이나 애나 마찬가지야. 잠깐은 열광하지만, 순식간에 고개를 돌려 버리고 십 년이 지나도 돌아오지 않아. 그래서 사생아 요정들은 점점 어두운 성격으로 변하는거야.

어서 외식이나 하러 가자꾸나.

여기 재밌어! 또 올 거야?

양쪽 부모를 모두 잃은 '고아 요정'들도 동물원으로
모여들어. 고아 요정들은 얼마 못 사는데 어떻게
알고 오는지, 죽을 때가 되면 약속이라도 한 듯
비밀의 동굴을 찾아가는 코끼리처럼 동물원을 찾지.
동물원의 동물이나 부모 잃은 요정이나 공간을 뺏긴
처지는 비슷하니, 한데 모여 동병상련하다가 생을
마감하는 거야. 겉으론 평온해 보이는 동물원이,
속으론 곪아가는 끔찍한 공간이었던거야.

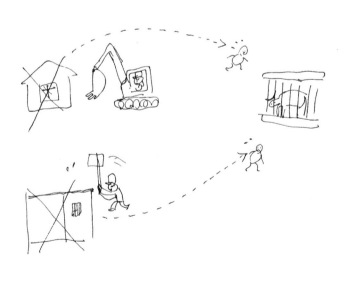

수십, 수백 마리의 요정들이 날 둘러쌌어.
애정에 굶주린 축축한 눈초리로 나에게 뭔가
호소하는데……. 데려가 달라는 것 같았어. 도저히
감당이 안 되더라. 부담스러운 걸 넘어서 섬뜩할
지경이었지. 절벽 끝에 서서 끝도 안 보이는 아득한
심연을 내려다 볼 때처럼 아찔하고 공포스러웠어.
난 너만 데리고 간신히 도망쳐나왔단다.

그때나 지금이나 넌 나에게 특별한 존재였지. 네가
어둠의 자식들에게 물들도록 그냥 내버려둘 순
없었어. 어둡고, 음울하고, 음침한 그 요정들을
구제할 길은 없었어. 그들은 아무짝에도 쓸모없을
뿐만 아니라 나쁜 영향을 주지. 아주 위험해. 그래서
나도 정상적인 요정만 연구하는 거란다.

그 후로는 동물원에 가는 일을 가급적 삼갔지. 너희
엄마가 날 원망하는 소리를 듣기도 꺼림칙하고…….
아무튼 꼭 필요할 때가 아니면 가지 않았어. 물론,
너희 엄마는 내가 원망스럽겠지. 하지만 송이야, 이걸
알아야 해……. 사랑은 원래 짧은 거란다."

가고 싶지? 엄마가 보고 싶지?
아빠를 떠나고 싶은거지, 응?

동물원? 솔직히 궁금하긴 했지만, 난 아빠와
있고 싶었어요. 동물원이든 어디든 난 아버지를
떠날 생각이 없었어요. 나마저 없으면 아버지
곁엔 아무도 없으리라는 걸 알았거든요. 그에게
가족이 있나요, 친구가 있나요?

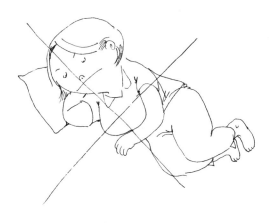

문 씨 아줌마가 있었지만, 그녀는 누구를 돌볼
사람으로 보이지 않았으니 그에겐 오로지 나 하나
뿐이었죠. 어리고 세상 경험도 없는 나이였지만 그때
이미 난 '아버지는 내가 돌봐야 한다.'는 생각을
품었던 거예요.

이 다음에 크면 가게 해 줄게.
그때 까지 아빠랑 있자.

나 역시 아버지랑 있는 게 좋다고,

엄마는 안 만나도 된다고 제법 어른스럽게

대답했죠. 아버지는 나를 꼬옥 껴안아 줬어요.

4

기 분 (氣 粉)

처음에는 아버지가 요정 연구에 전념하는 이유를
순수한 호기심 때문이라고만 생각했어요. 그런데
실은 다른 꿍꿍이가 있었던 거예요. 그맘때 마흔
중반으로 접어들고 있던 아버지는 할아버지의
사업이 수명을 다했음을 새삼 깨닫고는, 가계를
일으킬 비책을 찾고 있었어요. 아버지의 엉뚱 대담한
구상을 이해하려면 요정의 번식에 대해 조금 알아야
해요.

요정들이 번번이 번식에 실패하고 멸종 위기에 처한 이유는 다음과 같다.

1) 공간과 사랑에 빠지는 인간이 절대적으로 부족하기 때문이고,

2) 그나마 새로 태어난 요정이 있어도 먹을 시가 없어 굶어 죽기 때문이다.

시지렁이 서식지를 파괴하는 도시 성형을 막을 방법은 없었다.

요정의 번식 체계는 독특하다. 한마리의 요정, 즉 단일 개체는 죽을 때까지 직계 자손을 남기지 않는 대신, 일생 동안 종 전체의 번식을 위해 애쓴다. (ex. 일개미) 인간이 공간과 사랑에 빠지도록 끊임없이 유도함으로써 새로운 요정이 태어날 확률을 높이는 것이다. 요정들은 상당히 포괄적인 방식으로 종족 번식에 기여하고, 참여하는 셈이다.

평소에는 거미처럼 자기 집에 가만히 웅크리고 있다가도 시지렁이가 지나가면 요정은 곧바로 행동을 개시한다. 시지렁이가 흘리고 가는 시를 빨대 모양의 도구*로 흡입해 배를 채우고, 다 먹고 난 찌거기를 연기로 피워 없앤다. 요정의 호흡기를 거친 이 연기는 신비한 향을 뿜으며 일종의 가루향수(Diapasmata) 효과를 낸다.

*먼지를 응축해서 만들어 담배처럼 말아 핀다.

'기분(氣粉)'이라 불리는 이 물질은, 인간을 특정 공간으로 끌어당기고

분위기에 취하게 만들어, 한번 맛을 본 사람으로 하여금 그 공간을 자꾸만

방문하고 싶게 한다.

아버지는 이 기분이 가공할 상업적 가치를 가졌다고
확신했어요. 기분은, 그것을 피우는 요정에 따라
조금씩 다른 향이 났는데, 아버지는 채취한 기분의
샘플들을 종류별로 모아 면밀히 분석했어요. 기분의
공통 성분을 밝혀내 이를 바탕으로 꿈의 화학식, 인공
기분 제조 비법을 알아내기 위함이었죠!

인간을 원하는 장소로 유혹하는 물질은
세상 모든 가게 주인들이 꿈꾸는 것이지!

아버지는 종종 공상에 심취해 기분을 생산하는
공장식 농장에 대한 청사진을 내게 열심히 설명하곤
했어요. '수많은 지렁이 중에 시지렁이를 가려내고
그 시지렁이가 열심히 시를 쓰고 그 시를 먹은
요정들이 대량의 기분을 생산하는……' 전 과정이
자동화된 농장을 말이에요.

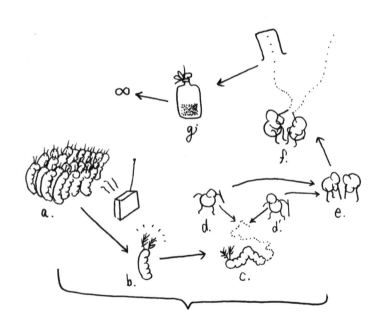

제장! 또 실패! 이놈들은 너무 쉽게
죽어버린단 말야. 소처럼 집에서
키우면서 부려 먹어야 하는데...

그런데 큰 문제가 앞을 가로막고 있었어요. 요정들은
오로지 '재택근무'만 가능했거든요! 자기 공간을
떠난 요정들은 기분을 만들어 내긴커녕 백이면 백,
힘을 못 쓰고 시들시들하다가 곧 죽어 버렸어요.

아버지는 아무 환경에나 잘 적응하는 쥐와
바퀴벌레의 특성을 요정에게 강제로 접목하려는
실험도 해봤지만 실패로 끝났어요. '가축화'는
좀처럼 성과가 나지 않았어요.

아빠! 나도 요정인데, 왜 기분을 못 만들어?

음... 그, 그건 이렇게 된 거란다. 너는 아주아주
특별한 요정이라고 말했던 거 기억나지?
네가 아기였을 때, 시지렁이 한 마리를 통째로
삼겨 버렸는데, 그 후로는 네가 너의 엄마 공간을
떠나서도 지금처럼 건강했어. 그 대신 너는
기분을 만들진 못한단다.

내가 만들어 줄 수 있으면 좋을 텐데…….
안타까웠어요. 아버지를 돕고 싶었거든요. 하지만
한편으로는 다행이라고 생각했어요. 아버지 말대로,
내가 그런 특별한 요정이라서 이렇게 아버지와 같이
잘 살 수 있는 거니까. 시지렁이를 삼켰다는 게
영 찜찜하지만 말이에요. (켁!)

아버지의 가축화 실험은 그렇게 실패만
거듭했고, 그 과정에서 죽는 요정들을 처리하는
일도 골칫거리였어요. 하지만 어쨌든 연구는
지속되어야했고, 그럴려면 무엇보다 요정들이
사는 곳을 돌아다니며 연구에 필요한 기분을
채취해와야 했는데, 아버지는 점점 집안에서 연구만
하려 했으니…… 그에게 필요한 것은 충직한
심부름꾼이었어요.

죽은 요정은 악취가 심해서
멀~리 내다 버려야 해.

5

조 수

'우고'는 그렇게 고용되었어요. 우고는 원래 어느
택배 회사에서 배달부로 일하고 있었는데, 아버지는
그를 동물원에서 처음 만났대요.

아버지가 아직 동물원에 드나들 시절이었어요. 자주
들르는 우리 앞에 떡하니 서 있는 '소년 우고'를
발견한 아버지는 깜짝 놀랐어요. 이 늦은 시간에 뭘
하는 거지? 그 근처에서 지렁이를 채집해야 했기
때문에 어서 녀석이 가 버리기만을 기다리는데……
웬걸, 꿈쩍도 않는 거예요. '이놈은 대체 뭔가!'
싶어서 가만히 지켜보고 있었죠. 그때, 가만히 있던
우고가 이상한 행동을 하기 시작했어요.

다짜고짜 우리 안으로 몸을 비집고 들어가려는
것이었어요! 그때만 해도 우고가 지금보다는 체격이
작았지만, 그렇다고는 해도 비좁은 쇠창살 사이를
통과할 리는 없었죠. 버둥대고 있는 우고를 아버지가
겨우 빼내 주었죠. 대체 왜 그런 짓을 하느냐고
물어봤더니, "그냥 저 안으로 들어가고 싶다."라고
한 거예요.

아버지는 그때 직감했대요. '이 녀석, 뭔가 다른
놈이구나. 어쩌면 요정을 알아볼 수도 있겠어.'
그래서 그 자리에서 바로 제안을 했대요. "내가 저
안으로 들어갈 수 있도록 도와주마. 그 대신 너도
나를 도와라." 그렇게 사제지간 혹은 마스터와 조수
사이가 된 거예요. 기묘한 인연이죠?

요정 연구가의 조수 우고는, 1인 3역을 맡게
되었답니다.

1) 순찰자

도시 곳곳을 돌며 식량 부족에 시달리는
요정들을 찾아내 시를 공급해 주는 대신
일정량의 기분을 채취.

2) 지렁이 사냥꾼

시지렁이 양성에 필요한 일반 지렁이 포획*

* 요새는 동물원의 밤 경비가 삼엄해져 저녁나절에
눈에 안 띌 만큼 조금씩 채집을 한답니다.

3) 장의사

실험하다가 죽은 요정 처리.(장례 치르기)

천성이 우직하고 예의 바른 청년이었던 우고는
아버지를 '소장님', 나를 '아가씨'라고 부르며 깍듯이
대했어요. 아버지는 기분이 좋을 때면 내가 우고의
순찰을 따라가도록 허락했는데, 이 금쪽같은 순찰
시간은 내 지루한 일상에서 가장 기대되고, 가장 나를
설레게 하고, 가장 신나는 일이었어요.

우리는 늘 한 가지 코스를 밟았어요. 집을 나와
목욕탕-이발소-헌책방-여인숙-떡방앗간-소극장-
놀이터를 거쳐 굴뚝탑 옆의 오래된 나무 둥치에 앉아
잠시 쉬었다가, 오솔길 산책로를 지나 동물원까지.

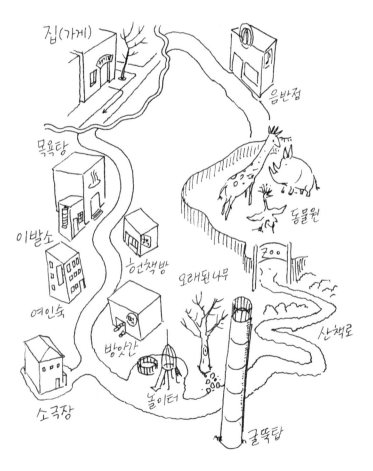

마지막으로 귀갓길에 음반점을 들른 후 집 도착. 이
코스에 있는 장소들이 요정들이 나오는 곳들이에요.
그런데 대체 우고는 이런 것들을 어떻게 안 걸까요?
아니 그보다 더 궁금한 건, 대체 우고는 어떻게
요정에 대해 그토록 해박해졌을까요? 심지어 어떤
면에서는 아버지를 능가하는 전문성이 있었어요.
요정의 개체수가 급감하는 악조건 속에서도 용하게
매일 일정량의 기분을 채취해 온 걸 보면 알죠.

우고의 이런 탁월한 능력이 아니었더라면, 요정
연구 자체가 지속될 수도 없었을 거예요. 그런데도
아버지는 칭찬은커녕 늘 닦달만 했죠. 물론 아버지도
속으로는 우고가 얼마나 출중한지 알고 있어서,
언젠가 한번은 "내가 가르친 애 중에 우고 녀석처럼
요정 발견에 능한 애는 없었다"고 인정한 적도
있답니다.

그와 한 번만 같이 다녀 보면 인정을 안 할래야 안 할 수가 없죠. 요정을 발견하는 그 솜씨에 감탄이 절로 나온답니다. 같이 거리를 걷는다고 상상해보자고요. 어느 골목에 이르러 느닷없이 멈춰서는 우고가 아무 설명도 없이 시지렁이를 꺼내죠. 낚시꾼이 찌를 드리우듯 가만히 시지렁이를 풀어주면 시지렁이는 시를 쓰며 기어가고, 그 뒤를 따라 우고도 침착하게 모퉁이를 돌아요.

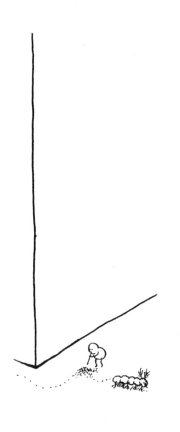

그러면 모퉁이 반대편에,
반드시 요정 한 마리가
빨대로 입질을 하고 있는
거예요! 대체 어디서
터득한 능력인지! 물어봐도
매번 소장님께 배웠다는
말뿐이었어요.

우고만큼 과묵한 사람도 없을 거예요. 우린 제법
많은 시간을 함께했지만 대화를 나눈 기억은
없어요. 함께 걸을 때도 그랬지만, 우고가 실내
공간에 들어가 기분 채취를 할 때면 난 아예 밖에서
기다려야 했거든요. 물론 대화가 없다고 그 시간이
심심했던 건 아녜요. 그 반대죠. 행인 구경도 하고,
공기 냄새도 맡고, 바람에 머리카락도 날리고,
공책에 그림도 그리고, 할 게 무지 많았거든요.
하지만……

우고가 지렁이를 잡으러 가는 시간, 동물원 밖에서
기다려야 하는 그 30분만은 정말이지 참을 수 없이
답답했어요. 왜냐고요? 얘기했었죠, 난 동물원에
못 가도록 되어 있다고. 순찰 동행을 허락할 때도
아버지는 동물원은 안 된다는 당부를 잊지 않았어요.

아빠랑 약속했잖아.
더 크면 가게 해 주기로.

나 잠깐만 들어가
보는 것도 안 돼?

어린 나이에 얼마나 궁금했겠어요? 약속을 지키려고
내색은 잘 안 했지만 불만은 조금씩 커져 갔어요.
이런 나의 기분에 대해, 우고는 아무런 관심도 없고
신경도 쓰지 않는다고 생각했어요. 그런데 알고 보니
그게 아니었어요.

그날 일이 아직도 기억나요. 동물원에서 지렁이 사냥을 마치고 돌아오는 길이었어요. 마지막 코스인 음반점 앞에 도달했을 때, 가게 안으로 들어가려던 우고가 문 앞에서 잠시 멈칫했어요. 그리고는 유모차로 돌아와 내게 말을 걸었어요. "안으로 들어가 볼래요?"라고. 그것 자체가 대단히 이례적인 행동이었죠.

입장을 하자 난생 처음 듣는 음악이 귀를 타고
흘러들어 왔어요. 멍하니 서서 음악에 취해 있는
나에게 우고가 한마디 건네 왔어요.

잘 들어 봐요. 저 말이 들릴 거예요.

무슨 말? '싸우다데'? 잘 들어 보니, 정말로
노랫말 중에 그 말이 들렸어요. 싸우다지*. 낯선
외국어였어요. 그런데 나도 모르게 눈물이 핑
돌았어요. 슬픈 것도 아니고 기쁜 것도 아닌
뜻이래요. 싸우다지. 기쁘기도 하고 슬프기도 한,

* Saudade: 번역하기 힘든 포르투갈어로 무언가를 깊이 그리워하는 마음, 향수,
한(恨)의 정서 등을 표현하는 말.

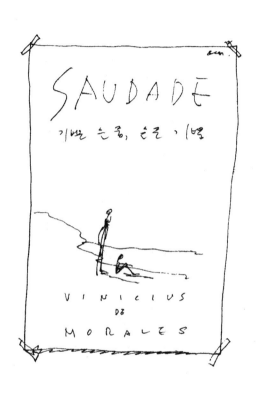

싸우다지

그날 우고는 돌아오는 길에까지 날 놀라게 했어요.
나에게 선물을 한 거예요. 두꺼운 노트였어요. 그
안에는 우고가 아버지에게 공간의 요정에 관해
배우면서 꼼꼼히 필기한 내용들이 전부 담겨
있었어요. 제가 인용했던 말들도 다 거기에 있던
내용이에요. (정작 아버지는 나중에 본인의 소중한 연구
자료들을 스스로 불태워 없애고 말았는데⋯⋯. 그 얘긴
다음에 할게요.)

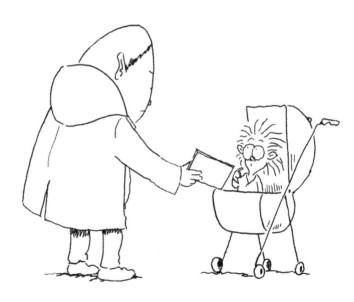

노트 맨 첫 장에 이런 문장이 있었어요.

"누구에게나 사랑하는 공간이 있다. 하지만 어두운
면이 없는 공간은 없다. 어두움은 그 사랑을
시험한다. 사랑하는 공간은 한순간 어두운 터널이
된다. 그 터널을 통과하면 사랑은 깊어지고, 통과하지
못하면 사랑은 길을 잃는다."

머리로는 무슨 뜻인지 몰라도 가슴으로는 알 것
같았어요. 내 기분을 헤아리는 우고의 마음이
전해졌달까요? 꼬여 있던 실타래 하나가 사르르
풀리는 기분이었어요. 그날의 특별한 순찰 이후로,
나는 더이상 불만을 품지 않게 되었어요.

동물원에 대한 온갖 상상들은 그 후로도 여전히 존재했지만, 그건 그림을 그리면서 풀어 낼 수 있었어요. 장롱 속에서 일기장을 펴고 상상 속의 동물원을 그려 보곤 했죠. 트라클은 내가 그림을 그릴 때면 내 곁에 꼭 붙어서 구경을 했어요.

그렇게 그림을 그리다 잠이 들고 일어나면 기분
좋은 감정이 가슴 속에 감도는 걸 느꼈어요. 그래,
조금만 크면 되니까 조급하게 굴지 말자. 조금만 더
크면……. 그런데 손꼽아 커지기를 바랬던 나와는
정반대로, 작아지기 위해 부단히 애쓰던 사람들이
있었으니…….

6

숨요가 교실

'숨요가'는 아버지의 기묘한 발명품들 중
하나였어요. 평소 인도 문화에 빠져 있던 아버지의
요가 실력은 취미 수준 이상이었죠. 요가 동작을
동물들의 움직임에서 따왔다는 건 주지의 사실인데,
아버지의 경우는 기존의 요가에 요정의 독특한 행동
특성을 응용해 전혀 새로운 호흡법을 발명해 냈던
거예요.

……요정들은 안 그래도 작은 몸집을 더욱 수축시킬 수 있는 능력이 있다. 숨을 깊이 들이마신 후 상상하기 힘들 만큼 오래 호흡을 참으며 몸 구석 구석, 내장에 찬 공기까지 바깥으로 빼내면서 자기 몸의 부피를 3분의 1 이하로 줄여 홀쭉해진다.

〈그림 2〉 요정들의 특이한 수축 능력

이런 신비한 능력은 요정들의 성장 과정에서 관찰된다. 그들은 인간과 정반대로 어릴수록 몸집이 크고, 나이가 들수록 작아진다.

1년 주기의 이런 '수축 과정'을 거쳐 점점 더 작은 성인 요정으로 성장하는 것이다. 이런 행동이 진화한 이유는 다음과 같이 알려져 있다.

요정보다 공간을 있는 그대로 사랑하는 생물은 없다.

있는 듯,
없는 듯

그들은 자신의 존재가 그 공간의 일부를 차지하면서 누를 끼치기보다, 있는 듯 없는 듯 존재감이 미미한 '공간의 음미자'로 남길 원한다. 그래서 성숙한 요정일수록 공간 속 자신의 존재를 최소화하려는 본능에 충실해지고, 그 결과로 몸집이 점점 작아지는 것이다. 이것이 숨요가의 기본 원리이다.

숨요가의 창시자였던 아버지는 아예 '숨요가 교실'을
열고 화요일 저녁마다 가게에서 일반인을 대상으로
강의를 하곤 했어요. 나는 특별히 관심을 가져 본
적이 없지만, 수강생들이 심심치 않게 드나들고 또
그들이 모두 아버지의 가르침을 진지하게 따르는
걸로 봐서…… 모르죠, 그 나름의 매력이 있었던
모양이에요.

"첫 수업에 오신 분들을 환영합니다."

주로 살을 빼고 싶어 하는 주부, 실제 체구보다
작거나 홀쭉해 보이고 싶어하는 거구자 여성들이 한
두달 가량 수강을 하곤 했는데, 문 씨 아줌마도 이 중
하나였어요. 그녀가 요가를 하는 광경을 엿본 적이
있는데 문외한인 내가 봐도 소질이 없어 보였어요.

"기억하세요. 단순히 육체의 부피를 줄이는 게 아닙니다.
마음을 비울 수 있어야, 몸도 비울 수 있는 겁니다."

흥미롭게도 요가 수업에 그 누구보다도 진지한
열성을 보였던 사람은 다름 아닌 아버지의 조수,
우고였어요. 그가 돈 한 푼 안 받고 연구소 일을 돕게
된 것도, 그 대가로 숨요가 교실을 무료 수강하게
해주었기 때문이었대요.

뻣뻣한 몸에 운동 신경도 둔해서 아버지에게 만날
혼만 나던 그였지만, 숨요가를 배우면서 보여 준
성실함과 끈기는 모두가 인정할 수밖에 없었어요.

우고가 어째서 그렇게 열심히 작아지길 원했는지,
그 진짜 이유는 아무도 모를 일이었죠.

기대가 클수록 몸이 부풉니다.
기대하면서도 기대하지 않는 것,
그게 '숨요가'의 핵심 입니다.

제 2 부

지금도요?

지금도 제가 요정이라고 생각하냐고요?

음… 요정이란 게, 꼭 그래요. 분명히 거기 있지만
잡으려고 하면 손에 안 잡히는, 무슨 구름 같아요.
솔직히 지금도 뭐가 요정이고,
뭐가 요정이 아닌지 구분을 잘 못하겠어요.

물론, 내가 알던 그 요정들은 이제 사라지고 없어요.

안 그래도 그 이야길 들려줄 참이었어요.

7

도시 성형

어느 날 불쑥 우고가 요정 여덟 마리를 집으로
데리고 들어오던 날이 아직도 생생해요. 아마도
이맘때쯤, 내가 열 살이 되던 해의 일이었을 거예요.
가을 바람을 맞으며 지렁이들에게 로르카의 「강의
백일몽」을 읽어 주고 있는데, 우고가 상기된
표정으로 가게 문을 박차고 들어왔어요.

아버지는 대책 없이 요정을 잔뜩 집으로 데려온
우고를 나무랐지만, 우고 입장에서는 철거 공사
때문에 집을 잃고 겨우 목숨만 건진 한 무더기의
요정들을 못 본 척할 수도 없는 노릇이었죠. 나는
요정들의 불쌍한 처지에 마음이 흔들려 아버지의
손을 잡고 간곡히 청했어요.

우체국, 목욕탕 할 것 없이
완전 초토화됐어요.
이 동네가 전부 성형됐대요.

내가 돌볼 테니 집에 있게 해 주면 안 돼?
나도 요정이니까 잘 돌볼 수 있을 거야, 안 그래?

얘네는 너랑 달라.
자기 집 떠나면 죽는다니까...

내가 계속 졸라대니 아버지는 괜한 일을 벌렸다고
우고에게 몇 마디 꾸짖고는 "딱 일주일 줄 테니
둘이 알아서 해라."며 문을 쾅 닫고는 방으로 들어가
버렸어요.

이틀이 지났어요. 요정들이 시름시름 앓아눕더니
결국은 한 마리가 숨을 거두었어요. 아, 겁이 나기
시작하더라고요. 죽은 요정은 우고가 어디론가
데리고 나갔죠. 또 한 마리가 죽을지 모른다는
불안감이 엄습할 때쯤, 놀라운 일이 일어났어요.
절필했던 트라클이 시를 쓰기 시작한 거예요!

트라클은 요정들 주위를 빙빙 돌며 주문 같은 시를
썼어요. 쓰러져 있던 요정 한 마리가 코를 벌름거리며
몸을 일으키고 빨대를 꼽았어요. 희망의 빛이
보였죠. 뒤를 이어 요정들이 하나둘 기운을 차리기
시작했고, 이윽고 한 마리가 소리를 내어 뭐라고
중얼거렸어요. 알아들을 수는 없었지만 왠지 불만을
토로하는 것 같았어요.

말을 한다!
요정이 뭐라고 말을 건네고 있어!

요정들은 상당한 수다쟁이들이더라고요. 무슨
말인지 몰랐지만, 일단 들어 주는 게 좋겠다 싶어
무조건 열심히 끄덕여 주었죠. 그 다 음날, 여전히
어느 요정의 얘기를 들어 가며 무심코 낙서를 하고
있는데, 그 요정이 쫑알거리다 말고 갑자기 내 그림
공책을 빼앗더니, 바닥에 척 세우고는 귀퉁이에 눌러
앉아 꿈적도 않는 거예요.

중요한 발견은 우연에서 나온다고 했나요? 혹시나
싶어서 또 하나의 요정에게도 그런 식으로 그림을
그려 줘 봤죠. 아니나 다를까 비슷한 반응을
보였어요. 이 사실을 우고에게 전하자, 그는 무릎을
치며 어서 다른 요정들에게도 실험해 보자고 했어요.

각각의 요정들이 어디에서 왔는지 우고는 잘
기억하고 있었어요. 우고라고 요정들이 정확히 뭘
원하는지 아는 건 아니었지만, 그가 아는 정보들을
퍼즐처럼 모아 보고, 함께 의논하면서 그림을 그려
나갔어요. 아무것도 모르고 그릴 때보다 작업이 한결
수월하더라고요.

놀라운 일이 벌어졌어요. 나와 우고는 차근차근
(그러나 마음으로는 서두르면서) 일곱 마리 요정들이
잃었던 집을 하나씩 완성시켰고, 아버지와 약속한
일주일째가 되던 날 아침…….

단 한 마리의 요정도 죽어 있지 않았어요. 나와 우고는
놀라움에 들떴어요. 가능하구나! 살릴 수 있구나!
우리가 살려 냈어!

아버지는 당신이 수년 동안 해내지 못한 일을 불과 일주일만에 현실로 만든 우리를 의심하고 싶어 하는 눈치였지만, 요정들이 멀쩡히 살아 숨 쉬는 눈앞의 현실을 부정할 순 없었어요. 요정의 가축화……! 그의 오랜 숙원이 마침내 이뤄지려 하고 있었어요. 냉소적이었던 그가 태도를 바꾸는 데는 오랜 시간이 걸리지 않았어요.

8

요 정 원

훌륭해! 이건 동물원이 아니라
'요정원'이라고 불러야겠군!

그 다음 날, 아버지는 흥분된 목소리로 모두를 불러
모았어요. 나를 '초대 요정원장'으로 임명하고,
오늘부터 가게가 임시 휴점 및 비상 연구 체제로
돌입할 것이며, 가게의 이름까지 '야생요정 치유 및
재활 센터'로 바꾸겠노라고 선포했어요.

그의 갑작스런 태도 변화는 (나로서는 조금
어리둥절하긴 했지만) 그야말로 시의적절했어요.
도시 성형의 강도가 갈수록 심해지면서 갈 곳 없는
신세가 된 요정들이 속출했거든요. 우고가 바깥에서
구명해 오는 요정들이 늘어나 자리가 비좁아진
상황에 때마침 휴점을 함으로써 공간을 확보할 수
있었답니다.

나는 이제 단순히 그리는 걸 넘어서 오리고 붙이고
조립하기까지, 가능한 능력은 모두 다 동원했어요.
우고의 조언을 바탕으로 요정들의 요구를 최대한
반영한 거죠. 가령 무대요정은 동네 소극장에서
왔는데, 헐려 버린 무대를 잊지 못하는 것 같았어요.
밤마다 텅 빈 무대에서 춤을 추고 싶어 할 그녀를
위해 작은 객석을 만들어 주었답니다.

오래된나무요정은 오래된 나무 한
그루 밖에 원하는 게 없어서 간단해
보였지만, 나무의 형태와 가지를
정확하게 재현해 줘야 하는 점이 쉽지
않았어요.

여인숙요정은 특히나 까다로웠어요. 그녀는 골동품 가구와 여러 명의 방 주인들이 남기고 간 숱한 흔적들을 모조리 기억하는 듯했어요. 방 천장에 붙어 버린 모기 시체의 위치를 정확히 묘사해 주지 않았다고 항의를 할 정도였다니까요!

내가 그리는 공간의 디테일 하나하나가 요정들의
생명과 직결되었기에 잠자는 시간도 아껴 가며
작업했어요. 어떤 날은 굴뚝 요정을 위해 모형
굴뚝을 만들어 주느라 밤을 새고,

어떤 날은 먼지와 곰팡이를 요구하는

헌책방요정의 시중을 드느라 종일토록

다락방의 낡디낡은 책들을 뒤져야 했어요.

유원지 요정이 원하는 회전 기계 장치는 알맞은
전기 모터를 찾고 무게 중심을 맞춰 조립하느라
꼬박 이틀이 걸려 완성했죠.

목욕탕요정 쌍둥이의 경우는 축축한 피부 때문에
습도에 민감했어요. 처음에는 화장실 변기 속에 군말
없이 사는가 했더니 자꾸 싸우기만 해서 결국은 각
방을 마련해 주고 두세 시간마다 분무기로 수분을
유지해 줘서 겨우 해결했더랬죠.

산책로 요정은 가늘고 긴 산책로를 그려 주고, 매일
아침 저녁으로 그 길을 따라 한 바퀴씩 산책시켜 준
다음, 간식거리를 주는 것까지 마쳐야 징징대지 않고
잠이 들었어요.

치열하게 일했어요. 전쟁 소설에 나오는 국군병원의
간호사가 된 심정이었죠. 셀 수 없이 많은 그림을
그리며, 또 수도 없이 그린 것을 고쳐 가며 집 잃은
요정들의 슬픔을 달랬어요. 하지만 숫자가 자꾸만
불다 보니 몇몇 요정들에게 소홀해지는 일이
발생할 수밖에 없었어요. 예민하고 희귀한 식물처럼
요정들은 잠시만 한눈을 팔면 곧 시들어 버리고
말았어요…….

나 때문이야...
내가 잠을 자 버렸어...

안타까운 죽음은 제 스스로를 자책하게
만들었어요. 뭐가 잘못됐던 걸까? 살릴 순
없었을까? 세상 원망도 해 봤어요. 왜 꼭 도시
성형을 해야만 할까? 도대체 무슨 이유로
누군가의 집터를 이렇게 파괴하는 걸까?

궁금하고 답답한 게 너무도 많았지만 우고는
점점 말수가 줄어 갔어요. 날이 갈수록
어두워지는 그의 얼굴과, 죽은 요정을 들고
어디론가 사라지는 뒷모습에서 도시가 얼마나
고통을 겪는지 짐작할 뿐이었죠.

9

꼬인 요정

아버지는 한편으로는 우리의 노고에 흡족해하면서도,
당신이 애초에 바라던 바가 실현되지 않고 있음에
조바심을 느끼고 있었어요. 요정들이 살아남은
것까지는 좋았지만, 한 달이 다 되어 가도록 단
1그램의 기분도 생산되지 않고 있었거든요. 애초에
가축화의 목적이 요정의 단순 생존이 아니라 번식, 즉
'기분생산'이었으니 초조해진 것도 무리는 아니죠.

아무리 인공 번식 성공 사례들을 뒤져 보아도,
인류학자 제러드 다이어몬드의 말처럼 "가축화에
성공한 동물은 모두 엇비슷하지만, 가축화할 수
없는 동물을 가축화할 수 없는 이유는 제각각"이라
도통 근본 원인을 파악할 수 없었답니다. 문제
해결을 위해 아버지가 한 가지 아이디어를 냈어요.

바로 '시 낭송 재활 프로그램'이었어요. 요정들을
편한 자리에 앉혀 안정적인 상태를 만들어 준 다음,
직접 시를 읽어 주었어요. '삶의 터전이 일순간
사라져 심리적인 공황 상태에 빠져있는 요정에게
시를 읽어 주면 안정감을 회복하고 기분을 생산할
것'이라는 가설이었죠.

실망스럽게도 이 실험은 기대한 효과를 거두지
못했는데, 어찌보면 당연한 이치라고 생각해요.
기분 생산이란 적극적인 번식 행동인데, 겨우
연명만 하는 마당에 번식 욕구가 생기겠어요?
이런 저런 시도와 실패가 거듭될 즈음, 요정원에
괴이한 요정 한 마리가 새로 들어왔어요.

잘 모르겠어요.
어디선가 휩쓸려 들어왔나 봐요.

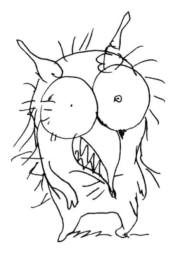

다른 요정들과는 달리 이 녀석은 어디에서 왔는지,
무슨 공간을 원하는지 도대체 확인이 안 되는 거예요.
우고조차 얘가 어디에서 왔는지 기억하지 못했죠.
요즘 같은 혼란기에는 자기도 모르게 휩쓸려 들어올
수 있다고 설명할 뿐이었어요.

이 요정은 집을 마련해 주는 것부터가
까다로왔어요. 온갖 집을 그려 주었지만 녀석은
연신 고개를 저었어요. 이것도 싫고 저것도
싫다는 것이었죠. 그가 원한 집의 형태는 다른
요정들과 전혀 달랐어요. 무작위적으로 온갖
형상을 그려 본 결과, 녀석이 새 모양의 물체를
좋아한다는 걸 알게 됐어요.

그런데 이 녀석이 나를 자기의 종이라고 여기는지,
끝도 없는 수정을 요구했어요. 아마 50장은 족히
넘는 스케치를 그리고 또 지웠을 거예요. 휴…….

처음에는 좋은 마음으로 시작했지만 녀석이
거만하게 퇴짜 놓기를 반복하자, 참을성 많은 나도
어느 순간 짜증이 나지 않을 수 없었어요. 오죽하면
나와 우고가 이 녀석을 '꼬인 요정'이라고 부르기로
했겠어요!

그런데 놀랍게도 이 꼬인 요정이, 내가 화가 나서 그리다
말고 구겨 던져 버린 종이 사이를 비집고 들어가서
나오지 않는 거예요. 뭐라고? 저걸 원했단 말야? 대체
저놈의 정체는 뭐지?

신기한 일은 거기서 그치지 않았어요. 녀석은 심리
상담 중에도 알 수 없는 말을 웅얼거리다가 갑자기
꽥꽥 소리를 지르는 기행을 보였고, 특히 시를 심하게
밝혔어요. 한번은 트라클의 몸에 곧바로 빨대를 꼽아
상처를 내는 바람에 상담을 중단해야 했다니까요!

157

하지만 가장 놀라운 일은 그 다음에 벌어졌어요.
집 같지도 않은 집을 마련해준 셋째 날, 이 꼬인
요정이 기분을 피우는 장면이 목격되었던 거예요.
요정원 최초로 인공번식 행동이 이뤄진 셈이었죠!

난 순발력을 발휘해 소량의 기분을 채취하는 데
성공했어요. 그런데 기존의 것들과 전혀 다른
이상야릇한 냄새가 났어요. 보통의 기분들이
편안하고 감미로운 향이라면, 이건 톡 쏘고
고약하면서도 자꾸 코를 갖다 대고 싶은 충동을
일으켰어요. 뭔가 심상치 않다는 판단을 하고,
채집한 기분을 즉시 아버지에게 보고했어요.

아빠, 요정 한 마리가
기분을 만들었어. 한번 봐봐.

아버지는 채취 봉투를 받아 들고, 반신반의하는
표정으로 나를 한번 힐끗 쳐다보고는 말없이 방으로
들어가 나오지 않았어요.

10

변 심

그날 밤, 아버지가 저녁에 어디론가 외출한 사이,
가게가 발칵 뒤집힌 사태가 발생했어요. 밤 10시
경, 온실에서 와장창하는 소리가 나서 가 봤더니,
세 마리의 시지렁이 중 트라클을 제외한 두 마리가
실종된 거예요! 쥐라도 침입했나 싶어 샅샅이
살펴봤지만 아무런 흔적도 없었어요.

'삐~ 소리가 나면 메세지를 녹음하세요. 삐~'

우고! 큰일 났어! 시지렁이가 없어졌어!
도둑이 들었나 봐. 빨리 와, 끊을게.

두려운 마음에 급히 아버지와 우고에게 전화를
했지만 아무도 받지 않았어요. 누군가가 오기만을
초조하게 기다렸죠. 자정이 가까워질 무렵에서야
인기척이 들렸어요. 아버지였어요. 그런데 내가 알던
아버지가 아니었어요. 입에서 고약한 냄새가 나고,
눈의 초점이 풀려 있었어요.

시지렁이의 실종을 알리려는 내 말을 가로막으며,

아버지가 먼저 말을 꺼냈죠. 할 말이 있다고.

"아주 아주 중요한 말"이.

집 속에 숨어 있는 꼬인 요정을 보여 주려고 종이를
들추다가 나는 그만 놀라 자빠질 뻔했어요. 뼈만
앙상한 시지렁이 시체 두 구가 그 안에 있는 거예요.
나는 너무 놀라서 움직이지도 못했어요.

참, 그런데 말이다.
그 기분은 어떤 요정이 만든 거니?

응, 보여 줄게. 잠깐만 기다려.

뒤에 있던 아버지는 어깨 너머로 문제의 요정을
본 순간 얼굴 빛이 변하면서, 내가 미처 말릴 틈도
없이 다짜고짜 녀석을 밟아버렸어요! 아, 가엾은
꼬인요정! 때마침 내 메세지를 듣고 달려온 우고가
깜짝 놀라 아버지를 뜯어 말렸어요. 아버지는 그를
보자마자 화를 불같이 퍼부었어요.

끔찍한 광경의 충격으로부터 헤어나오지 못하고
있던 나는, 아버지에게 혼이 나는 우고를 보고만
있었죠. 그렇게 한창 언성이 높아지고 있을 때, 문씨
아줌마가 가게 문을 열고 들어왔어요.

이 괴물딱지가 왜 여기 있어?
동물원에 갖다버리랬더니!

멍청이! 봐도 모르겠어?
실험에 실패한 놈이잖아!

자기야,
나 언제까지 기다려야 돼?

그녀를 방 안으로 들이밀고 나서, 아버지는 나와
우고에게 '중대 발표'가 있다고 했어요. 그 발표는
거듭되는 충격 때문에 정신을 못 차리던 내게 날린
마지막 한 방이었어요.

오늘부로 이 가게를 접고, 아파트로 이사 가자.
송이는 이제부터 새엄마랑 사는 거야, 알겠어?

"가게를 팔기로 했어. 우고, 넌 다른 일자리를
알아봐 줄 테니 이유는 묻지 말고 그냥 그런 줄 알아.
그리고 저 요정들은 지금 당장 내다 버려" 내 귀를
의심했어요. 아버지가 밤새 미쳐 버리기라도 했단
말인가?

뱃속이 부글부글 끓어올랐어요. 목이 메이고
귀가 빨개지고 눈물이 맺혔어요. 난생 처음으로
반발심이란 걸 느낀 순간이었요. 말도 안
나오더라고요…….

문 씨 아줌마는 또다시 눈치 없이 끼어들려 하고,
아버지는 그녀를 말리며 다시 방으로 데리고
들어가고, 우고는 굳은 표정으로 가엾은 요정을
주섬주섬 챙기고 있었어요. 나는 우고에게 다가가
떨리는 손으로 그를 붙잡고 말했어요.

나, 엄마한테 데려다 줘.

11

아 픈 동 물 원

근 한달 만에 밖에 나와서 본 도시의 상태는 눈에
띄게 변해 있었고, 생각보다도 더 심각했어요.

도시 전체가 밤에도 쉬지 않고 돌아가는 커다란
공사판이었어요. 저 어딘가에서 요정들이 구호를
기다리고 있을 텐데…….

175

구호는 커녕 살아남은 요정들마저 내다
버리라니……. 갑작스런 변화에 몸을 떠는 트라클을
쓰다듬어 안심시키며, 이 요정들은 내가 끝까지
돌보겠다고 결심했어요.

아빠 말은 절대 듣지 않을 꺼야!

일행이 동물원 후문에 당도하자, 우고는 익숙한 동작으로 덤불에 가려진 개구멍을 찾아내고는 그 안으로 유모차를 접듯이 밀어 넣었어요. 꿈에 그리던 동물원에 입성한 순간이었죠.

동물원의 첫인상이 어땠냐고요? 코를 찌르는 거름
냄새, 어두워서 쇠창살은 보이지 않고 온갖 동물들의
울음소리만 들리니 밀림 한복판에 들어선 것 같았죠.
내가 이곳에 있는 걸 싫어할 아버지의 모습이 눈에
선했지만, 이젠 아무래도 좋았어요. 난 점점 더 깊은
어둠 속으로 빨려 들어가고 있었어요. 그런데 어둠에
익숙해지자 여기저기 반딧불처럼 반짝이는 빛이
보였어요. 그런데 자세히 보니…….

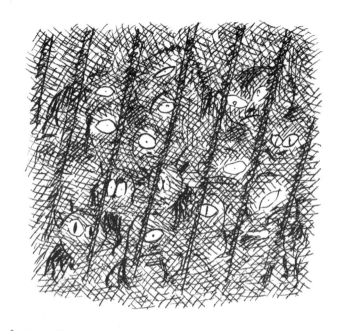

우고! 요정들이야! 요정들이 잔뜩 있어!

쉿! 조용히... 자극하지 말아요.

우고는 이곳 요정들은 위험하다며 주의를 줬어요.
나직히 웅얼거리는 소리가 요정이 내는 소리인지,
동물이 내는 소리인지 분간할 수 없었죠. 그런데
아버지나 우고의 말과는 달리 요정들은 그렇게
위험해 보이지 않았어요.

179

다가오지도 않았고 오히려 내가 다가가면 어둠 속으로
물러났어요. 음침하거나 음울하지도 않았어요. 그저
어둠 속에서 끊임없이 깜빡이고 있을 뿐이었죠.

내가 이곳에서 태어났다는 게, 엄마가 여기에 있다는
게 믿기지 않았어요. 생각해 봤어요. 저 눈빛들을
뒤로 하고, 나 하나만을 안고 도망치는 아버지의
모습. 그걸 보고 있는 엄마의 심정……

시간이 얼마나 지났을까. 유모차가 멈춰 섰어요.
안데스 콘돌의 우리 앞에.

우리 안에는 검은 새 한 마리가 웅크린 자세로
자고 있었죠.

우고가 꼬인요정의 시체를 꺼냈어요. 아직 마지막
숨이 붙어 있는지 녀석의 몸이 미세하게 떨리고
있었죠. 무슨 의식을 치르듯, 우고가 텅 빈 우리의
중앙으로 시체를 밀어 넣었어요.

지금 뭘 하는 거야?

장례 지내요. 독수리에게 사체를 먹이는 티베트의
장례풍습처럼, 요정들은 콘돌에게 먹혀야 이승을
벗어날 수 있어요. 저 콘돌만이 유일하게 요정을
먹어 치울 수 있죠. 그래서 죽은 요정들은 다 여기 와요.

다 여기로 데리고 오는구나...

오면서 보셨죠? 갈 곳 없는 요정들이
여기 잔뜩 모여서 동물들에게 빌 붙어 살죠.

그런데 저 녀석이 실험에 실패한 요정인지
저도 몰랐어요. 저렇게 상처가 있는 요정은 위험해요.
중독성강한 기분을 만들 거든요. 그걸 맡으면 마음이
불안해지고 충동적으로 변하죠. 어쩌면 소장님도...

응, 맞아! 아빠가 기분을 가져갔었어.

상처 받은 요정들은, 차라리 죽는 편이 나아요.
꼬인 요정이 되면 무슨 짓을 할지 모르거든요.
결국 시지렁이까지 덮쳤군요. 그나마...
트라클이 화를 면해서 다행이에요.

응, 얘는 나랑 장롱 속에 있었어.

전 사실 처음부터 소장님 생각에 동의하지 않았어요.
세상에 어떻게 아무 데서나 번식하고 살 요정을 만들겠어요?
그렇게 억지를 부리면 꼭 이 동물원 같은 비극을
만들게 돼요. 그런데요... 아가씨.

왜?

해가 뜨면요, 혼자 돌아가세요.

나 혼자? 우고는?

전 여기 남을게요.

왜? 남아서 뭘 하려고?

그냥 남으려고요. 옛날부터 여기 있고 싶었어요.
요정처럼 작아져서 저 안에서 콘돌과 같이
살고 싶었어요. 이제, 때가 온 것 같네요.

하지만...

동물원에 올 때마다 불편했어요. 갓난아기를 놔둔 것 같이.
어쩌면 여기에 제 아기요정이 있을지도 모르죠?
아무튼 먼저 가요. 소장님께서 결정하시겠어요.
요정들은, 제가 보살필 게요.

그런데 내가 뭐라 대답하기도 전에, 예상치 못한 일이
일어났어요. 우리가 대화하는 와중에 트라클이 우리
안으로 쪼르르 기어들어 갔는데, 죽은 줄로만 알았던
꼬인요정이 트라클을 발견하고······

벌떡! 마지막 남은 힘을 짜내 몸을 일으켜, 무방비
상태의 시지렁이를 꿀꺽 삼켜 버리고는 그 자리에서
실신해 버린 거예요! 멧돼지를 삼키다가 숨막혀
죽은 아나콘다 보셨어요? 그것처럼요. 나의 소중한
트라클이 통째로 남의 몸속에서 몸부림치는데…….
아, 몸이 얼어붙는 줄 알았죠.

가만히 있을 순 없었어요. 난 워낙 작고 마른
체격이라 우리 안으로 들어갈 수 있을 것 같았어요.
그런데 우고가 나를 말렸어요. 위험하다는 거예요.
그는 아버지에게 배웠다는 숨호흡을 구사하면서
창살 틈으로 서서히 진입을 시도했어요. 정말로 몸이
조금 줄어드는 것 같기도 했어요.

아, 이런 호흡이 흐트러졌어!
아가씨, 미안하지만 화장실에서
비누를 가져다 줄래요?

우고의 몸은 반쯤 들어가다 말고 끼어 버리고
말았어요. 난 부리나케 공중화장실을 찾아
뛰어다녔죠.

겨우 비누를 찾아와 돌아왔을 땐,

벌써 동이 터오고 있었어요.

그런데 모두 사라져 버리고 없었어요.

우고도 요정들도…….

콘돌 한 마리만, 목이 구부러진 콘돌 한 마리만 우리
안에서 어슬렁 거리고 있었어요. 그때 멀리서 사람들
소리가 들렸고, 나는 반사적으로 몸을 숨겼어요.

12

그리고

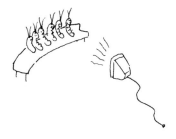

그게 다예요.

우고를 찾아 동물원을 헤매다 허탕만 치고
귀가했어요. 아버지는 밤새 문간에 서서 날
기다리고 있었고요.

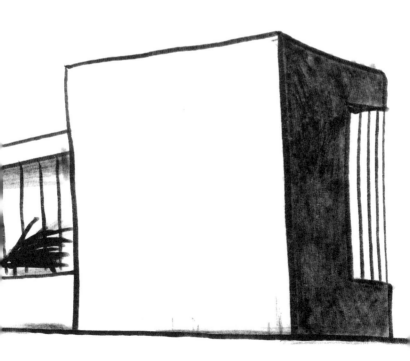

벌써 오래전의 일이네요. 우고가 어떻게
되었는지 정말로 궁금해요. 요정들과 함께
여기 어딘가에 살고 있을까요? 설마 콘돌에게
잡아먹힌 건 아니겠죠…….

그날 이후로 습관처럼 이곳에 와요. 많이 올
때는 매일, 바쁠 땐 일주일에 한 번. 이제 나도
다 컸죠. 아버지가 어딜 가냐고 물으면 당당히
"엄마 보러 간다."고 대답해요.

그런데 실은 엄마보다 콘돌이 보고 싶어서 와요.

이제 남은 건 저 콘돌 한 마리가 전부거든요.

그 새를 보고 있으면 헷갈려요.

우고로 보이기도 하고

요정으로 보이기도 하고.

네. 저기 있어요.

있을 거예요.

그래서 여기까지 오면

모퉁이를 돌기가
겁나고 떨려요.

콘돌이 사라졌을까 봐

모든 게
없던 일이 될까봐
두려워요.

좀 도와주실래요?

그냥 손을
좀 잡아줘요…….

딴 얘길 하면서
같이 걸어 줘요.

'잘 있을까?
죽진 않았겠지?'
따위의 생각을 못하게.

아, 이럴 때
트라클이 있다면…….

꼬불꼬불 기어가던
트라클.

그 뒤를 따라 모퉁이를
돌면 여지없이 짠, 하고
요정이 나타났는데

가엾은 트라클……!

난 요즘도 제2의 트라클을 상상해요.

길을 가다가 지렁이를 만나면
멈춰서서 시를 읽어 준다니까요

믿기 힘들겠죠?

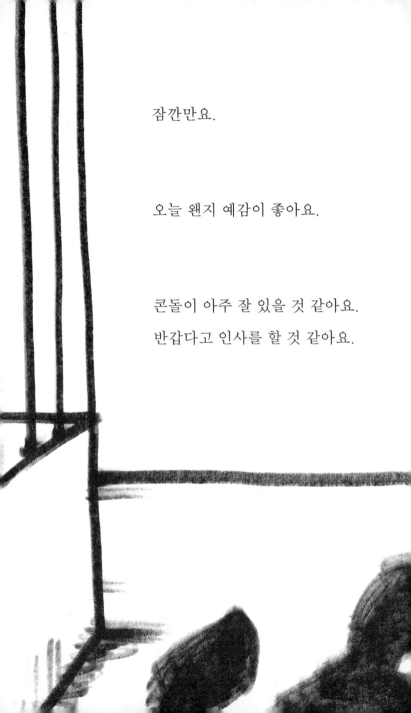

잠깐만요.

오늘 왠지 예감이 좋아요.

콘돌이 아주 잘 있을 것 같아요.
반갑다고 인사를 할 것 같아요.

만약에 진짜로 그러면,

돌아가는 길에 같이

음반점에 들러 볼래요?

뒷 얘 기

이야기라는 것은 동물같다. 가만히 있지를 못하고, 늘
변화무쌍하다. 「공간의 요정」도 원래는 조금 다른 이야기였다.
어느날 자기 방에 느닷없이 몰려든 웅석받이 요정들의 수발을
들어주느라 고생하는 가여운 청년 우고의 이야기로 출발했다.

그러다 어디선가 송이가 나타나고, 송이의 아버지가 추가되었다.

송이는 적잖은 변천과정을 거쳤고,

요정 연구가 아버지도 마찬가지였다.(점점 젊어졌다고 할까?)

이야기의 공간적 배경이 된 향기집도 지어졌다.

221

요정 중에는 '달팽이관요정'이 처음으로 탄생했고,
그 후로 점차 수가 늘어났다. 뒤이어 요정들의 독특한 습성과
생태가 그물처럼 짜여졌으며,

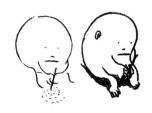

시쓰는 지렁이, 시지렁이도 탄생했다.

나에겐 오랜 의문이 있었다. '이 도시에 시(詩)가 가능하기 위해
필요한 생태계는 어떤 것일까?' 그런 의문을 가진 도시 산보자의
눈에는 시가 태어나고 머물 법한 장소들이 급격히 사라져가고
있었고, 그와 더불어 쫓겨난 신세가 된 조그만 녀석들의 형상
또한 제법 자주 눈에 띄었다. 적어도 10년 전부터, 이 도시는
집잃은 요정들로 소리없이 들끓고 있었던 것이다.

자신만의 장소를 박탈당한 존재들에 대해 말할 때,
동물원의 동물들을 빼놓을 수는 없다.

역시 약 10년 전, 과천의 서울대공원에서 만난 한 마리의
콘돌. 광활한 안데스 계곡을 활강했을 과거가 무색하도록
비좁은 우리에 갇힌 그 존재는, 내게 있어 공간 박탈의
상징이었다.

그 새를 셀 수 없이 자주 찾아갔다. 어쩌면 이 모든 이야기가
내 친구 '꼽추 콘돌'에게 바치는 헌사일지도 모른다.

그렇게 동물원에 갈 때마다, 나는 우고가 되었다. 남들은
보지도 느끼지도 못하는 요정들을 발견하고 그들의
처지에 마음이 무거워져서 귀가하곤 했다. (극중에서
우고가 어두운 표정으로 일관하는 것도 이런 이유가 아닐까?
알고보면 상당히 유쾌한 면도 있는 친구인데…)

「공간의 요정」에는 어떤 슬픔이 흐른다. 슬픔을 머금은
'보사노바'가 어울릴 수 있다. '시묵소리'가 사라지는 것,
시를 머금은 장소들이 없어지는 것을 지켜봐야만 하는
무기력한 심정은 착잡하다 못해 뒤틀릴 지경이다. 마치
'꼬인요정'의 꽈배기 모양 허리처럼 풀기 힘든 세상의
실타래가 마음에 무게를 지운다. 그 무게가 요정의
몸무게리라.

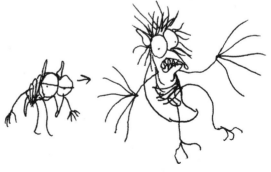

가장 끔찍하게 느껴지는 장면; 불우한 과거를 지닌
꼬인요정이 시지렁이를 탐욕스레 삼키는 대목.
가장 먹어서는 안 될 것을 먹어대는 극단적인 광기의
표출에서 세상의 뒤틀림은 극으로 치닫는다. 그리고
나의 스케치들도 수북이 쌓여간다.

225

미처 자세하게 다루지 못한 요정들의 간단한 소개
그리고 아예 언급조차 하지 못했던 요정들의 목록 일부를
공개하고, 이쯤에서 나의 짧은 뒷얘기를 마칠까 한다.

무대요정
타고난 춤꾼. 그러나 의외로 수줍음이 많아
아무도 없는 무대 위에서 춤추길 좋아한다.

등불요정
낙천적이고 꾸밈없고 직설적인 성격이다.
어떤 때는 과도하게 응석을 부리기도 한다.

목욕탕요정 쌍둥이
식성이 잡다하고 게걸스러우며 피부가 습도에
극도로 민감해서 조금만 건조해져도 쉽게 죽는다.

오래된나무요정
사람이 쓰다듬어주는 것을 굉장히 좋아하며,
요정들 중에 가장 이타적이기로 알려져 있다.

굴뚝요정
사방이 꽉 막힌 답답한 환경을 선호하며,
환기에 약하니 창문을 열 때 주의해야 한다.

산책로요정
매일 먹는 한 줌의 간식을 위해 살며,
산책을 시켜주는 대상을 무조건 따른다.

헌책방요정
오래된 책의 곰팡이와 먼지를 모아 둥지를 짓고
그 안에 살며, 소음에 굉장히 민감하다.

유원지요정
회전운동을 필요로 하고, 가장 무서워하는 것은
어린 아이들의 통통한 손이다.

다락방요정
꼽등이와 바퀴벌레 등과 의사소통 할 수 있고,
절대로 직사광선을 쏘여서는 안된다.

등장하지 못한 요정들.

푸줏간요정　　　　도서관요정　　　　무당집요정　　　　무덤요정

지하실요정　　　　하수구요정　　　와이너리요정　　　　화분요정

냉장고요정　　　　시궁창요정　　　박물관요정 외 다수…

228

참, 마지막으로 하나만 더. 송이가 지렁이들에게 읽어주던
시 한 수를 들려주고 싶다.

황금빛 포도주와 뜨락의 과실로
그 해는 엄청난 힘으로 그렇게 끝났다
숲들은 모두 이상스런 침묵 속에 잠기고
외로운 자의 동행자가 된다
그때 농부가 말한다 좋은 일이야
길고 나지막하게 울리는 너희의 저녁 종소리는
마지막으로 또 한 번 즐거움을 안겨 준다
철새 떼가 날아가면서 인사를 한다
사랑의 포근한 시간이다
조각배를 타고 푸른 강물을 흘러 내려가니
연달아 스치는 아름다운 모습
고요함과 침묵 속에 가라앉는다

—「고독한 자의 가을」, 게오르그 트라클

229

공간의 요정

1판 1쇄 펴냄 2011년 6월 10일
1판 2쇄 펴냄 2020년 6월 15일

지은이 김한민
펴낸이 박상준
펴낸곳 세미콜론

출판등록 1997.3.24(제16-1444호)
06027 서울시 강남구 도산대로1길 62 강남출판문화센터
대표전화 515-2000 팩시밀리 515-2007

ⓒ 김한민, 2011. Printed in Seoul, Korea

ISBN 978-89-8371-545-6 03810

세미콜론은 민음사 출판그룹의 만화 · 예술 · 라이프스타일 브랜드입니다.

www.semicolon.co.kr